UMA QUESTÃO DE LOUCURA

ISMAIL KADARÉ

Uma questão de loucura

Tradução do albanês
Bernardo Joffily

COMPANHIA DAS LETRAS

Copyright © 2005 by Librairie Arthème Fayard

Título original
Çështje të marrëzisë

Cet ouvrage, publié dans le cadre du Programme d'Aide à la Publication Carlos Drummond de Andrade de l'Ambassade de France au Brésil, bénéficie du soutien du Ministère français des Affaires Etrangères [Este livro, publicado no âmbito do programa de incentivo à publicação Carlos Drummond de Andrade da Embaixada da França no Brasil, contou com apoio do Ministério francês das Relações Exteriores]

Capa
João Baptista da Costa Aguiar

Foto de capa
Hulton Archive/ Getty Images

Preparação
Maria Cecília Caropreso

Revisão
Arlete Sousa
Ana Maria Barbosa

Dados Internacionais de Catalogação na Publicação (CIP)
(Câmara Brasileira do Livro, SP, Brasil)

Kadaré, Ismail
       Uma questão de loucura / Ismail Kadaré ; tradução do albanês
Bernardo Joffily. — São Paulo : Companhia das Letras, 2007.

       Título original: Çështje të marrëzisë.
       ISBN 978-85-359-1110-7

       1. Romance albanês I. Título.

07-7465   CDD-891.99135

Índice para catálogo sistemático:
1. Romances : Literatura albanesa   891.99135

[2007]
Todos os direitos desta edição reservados à
EDITORA SCHWARCZ LTDA.
Rua Bandeira Paulista 702 cj. 32
04532-002 — São Paulo — SP
Telefone (11) 3707-3500
Fax (11) 3707-3501
www.companhiadasletras.com.br

UMA QUESTÃO DE LOUCURA

1. Meu tio mais novo quer se matar

Senti que alguma coisa estava errada assim que entrei no jardim. A espreguiçadeira estava no lugar de costume, mas vovô não. Por terra estavam o livro arroxeado, a bolsa de tabaco e o cachimbo que havia tempo esfriara.

Quando empurrei o portão do quintal, quase gritei de espanto. Vovô estava de pé, coisa inusual, tão rara que ele até me pareceu outra pessoa. Falava com alguém, um homem de chapéu preto que eu nunca vira. Estavam tão entretidos na conversa que nem me notaram, dir-se-ia que era eu o desconhecido. Cuide principalmente de não esconder o revólver, dizia o homem do chapéu. Se alguém cismar de se matar, é mais fácil não ter um.

Ah, que será isso, pensei, enquanto subia a escada. No corredor do andar de cima, quase esbarrei na tia mais nova. Ela me abraçou num impulso melancólico cujo motivo não atinei. Parecia chorosa e culpada. Eu já reparara que mulheres bonitas pareciam ainda mais belas quando tinham alguma culpa.

— É você que vai se matar? — perguntei.

Ela me olhou com uns olhos arregalados de espanto.

— Quem te disse?

— Ouvi vovô falando com outro homem.

— Papai disse a alguém que eu queria me matar? Cochichei.

— Não ouvi falarem seu nome, mas nesta casa... uma... alguém ia se matar. Foi o que ouvi... E que não era para esconder o revólver, era para deixar onde está.

— Você está variando — interrompeu a tia, cheia de fúria. Já ia embora, mas voltou-se subitamente. — Agora escute, seu bobo. O que você ouviu, ouviu errado e não deve contar para ninguém mais, entendeu? São segredos de família, não devem sair daqui, entendeu?

Ela continuou falando, inflamada, e no fim de cada frase voltava a dizer: "Entendeu?". Não sei onde iria parar com toda aquela fúria, mas, de repente, mudou de idéia. Aproximou o rosto de meu ouvido e numa voz macia me explicou que, embora ela tivesse culpa, era outro quem queria se matar. Esse outro era o irmão dela, quer dizer, meu tio mais novo, mas eu devia esquecer aquilo.

Minha cabeça deu um nó. Ela era culpada, mas não era ela que queria se matar. Era e não era. Prometi que ia esquecer, mas que pelo menos ela me contasse o que fizera de errado.

— Não fiz nada de errado — disse, pensativa. — Nada de errado — acrescentou, depois de uma pausa.

Ela repetiu várias vezes aquilo, e eu, a duras penas, entendi que realmente não fizera nada de errado, a não ser, um dia, sem querer, ter visto uma coisa... Uma coisa que nunca devia ter visto...

— E agora chega — disse ela. — Já falei mais do que devia. Você não vai me trair, vai?

Abraçou-me. Como de costume, cheirava bem. Quando se afastou, os cabelos louros se sacudiram inquietos, pareciam agravar a sua culpa.

Vagabundeei um tempo pela casa, à toa, mas não vi meu tio. Ele estava trancado no "empate", como chamávamos a sala da lareira, e só Deus sabe o que fazia. Aos meus olhos ele ganhara mais importância que nunca. Eu daria tudo para saber o que tinha acontecido.

A tia mais velha estendia as mantas no quintal. Eu tinha certeza de que ela sabia do mistério, e também de que não iria me contar. Pelos seus olhos escuros, cavos, e especialmente por sua timidez, ela tinha criado fama de inteligente, enquanto a mais nova, junto com os cabelos louros cacheados e os olhos como que desenhados por perigosos cacos de vidro, concentrara toda a maluquice da família.

Vovô finalmente se espichara na espreguiçadeira, com o livro diante de si, mas era sabido que a única chance de falar com ele seria ao anoitecer, quando ele se deixava levar pelo violino dos ciganos. Embora o regime tivesse mudado, a família estava ligada aos comunistas e vovô não sofrera nenhuma condenação, só o confisco das propriedades, de modo que os ciganos ainda viviam na varanda de casa, e à noitinha, tal como antes, tocavam violino.

Meu tio mais velho devia saber do caso melhor que ninguém (mais que irmãos, os dois eram amigos, tinham apenas um ano de diferença de idade e toda manhã iam juntos ao colégio), mas, sendo meio surdo, era a pessoa menos adequada para se ter uma conversa em segredo.

Mesmo assim me aproximei e perguntei onde estava o outro. Quem?, perguntou. O gabola?

Boquiaberto, escutei uma saraivada de palavrões como nunca tinha ouvido. Na qualidade de mais velho, naturalmente ele tinha o direito de espinafrar o caçula por aquela besteira de suicídio, mas a raiva dele tinha algo mais profundo.

Enquanto o ouvia, minha cabeça virava numa confusão. Segundo ele, em vez de ser digno de pena (como se não bastasse a perda de cabelos, agora mais aquilo), o tio mais novo era dissimulado e maluco. Quase o acusava de ter pretendido o suicídio por mania de grandeza.

O tio mais velho falava num crescendo. Junto com a roupa suja aparentemente lavava também suas opiniões.

Eu gostava igualmente dos dois tios. Gostava de tudo neles. Do modo como andavam ao voltarem do colégio, bonés de ginasianos na cabeça, dos livros que tinham no quarto, das lições de latim que faziam em conjunto e, principalmente, de quando conversavam exatamente em latim, para que os outros não entendessem. *Dominus. Divide et impera. In extenso.*

Mas a admiração partilhada não me impedia de enxergar, ora em um, ora em outro, uma aura de maior mistério. Pouco antes, por exemplo, o tio mais velho, ao barafustar pela casa ainda com uma atadura na cabeça, depois de uma operação no ouvido, transformara-se no meu ídolo. O mais novo, como que a perceber-se em desvantagem, e ver no suicídio o único modo de recuperar sua importância, pegara o revólver. Diante daquilo, só restava ao maior ir outra vez ao hospital enfaixar a cabeça com o dr. Babamet Grande, tal como da outra vez.

Em outras palavras, tudo explodia.

Com os olhos cintilando de um brilho maldoso, o tio maior continuava a resmungar palavras incompreensíveis: gnomo dos segredinhos, ser ou não ser, eis a questão, ha-ha, mistérios do Louvre, he-he.

Eu não queria mais ouvir aquilo. Assim, entristecido, saí do quarto. Quando descia a escada, ele gritou de longe:

— De qualquer modo, não fale com ninguém sobre isso.

Espantoso como todos insistiam que eu não devia falar com ninguém sobre aquele assunto.

Ao cair da tarde, ao voltar para casa achei-a sem vida. Ao contrário de outras vezes, o almoço com vovô não fora alegre. Havia a mesma bureka gostosa e, principalmente, as mesmas sobremesas com figos que tinham feito a fama de vovó, mas nada importava. Por causa do tio mais novo, que continuava trancado no "empate", faltavam as tiradas surpreendentes e, em especial, as palavras secretas em latim.

Eu estava convencido de que não existiam no mundo duas casas mais diferentes entre si que a de vovô e a nossa, em Palorto. Ninguém nunca imaginaria que ficavam na mesma cidade, ou até no mesmo país.

Às vezes me parecia que a única coisa semelhante entre as duas eram os mistérios. Enquanto eu me aproximava de Palorto, ia pensando exatamente neles. Na verdade, quebrava a cabeça para aquilatar se, com o novo segredo do suicídio, a casa de vovô suplantaria a nossa em enigmas. Até o momento os dois mistérios principais estavam divididos equitativamente, um para cada casa. O nosso era a *cela*, enquanto o de lá era o misterioso irmão de vovô.

A *cela* era, como dizia o nome, uma prisão. Só as casas mais velhas da cidade tinham uma assim. Era um aposento cavado na pedra, perto da coluna principal. Não tinha porta, só um alçapão que se abria de cima, para descarregar o prisioneiro. Depois, a escada era erguida e o alçapão, fechado.

Tudo isso acontecia nos tempos antigos. A tia contara que naquela época havia dois tipos de prisão, porém o doméstico era o principal. O outro, do Estado, segundo ela era mais para fazer alarde que para prender.

Com muito esforço eu conseguira captar algo do que minha tia contava. A prisão de alguém, a condenação, o trancafiamento ou a saída da cela, tudo transcorria em silêncio e em segredo, dentro dos muros de casa. Sem polícia, sem juízes e sem júri.

Mesmo vovó nunca chegara a ver uma cela ser usada desde

os tempos de noiva em Palorto. Antes sim, todas as histórias contavam. A mais assombrosa delas era a do tataravô, cujo nome era o mesmo que o meu. Certa vez ele acordara no meio da noite ao lembrar de uma antiga culpa sua. Levantem, mulheres, bradara, preparem um estrado e a bilha d'água, que vou me enfiar na cela. E assim fizera de fato, por algumas semanas, até que suas contas lhe dissessem que havia cumprido sua pena.

Ao contrário da *cela*, cujo alçapão ainda estava ali e podia ser tocado, o segredo da casa dos avós era invisível e nebuloso. Tratava-se de um irmão de vovô, um irmão que nunca ninguém vira. Normalmente ninguém nunca falava dele, e quando se fazia alguma referência era em voz baixa e em monossílabos.

Ele não fora condenado nem fizera nada de vergonhoso, como eu chegara a pensar. Apenas morava muito longe, no norte da Albânia. E além disso tinha outra religião. A tia mais velha me explicara que isso não era motivo para arregalar os olhos de espanto. Um ramo do tronco dos Dobatë permanecera católico, coisa semelhante acontecera com algumas velhas famílias, inclusive a nossa, em Palorto.

Na realidade, conforme eu deduzira dos raros murmúrios sobre o caso, havia muito tempo se esperava que o irmão de vovô aparecesse. Mas ele nunca viera. Nem mesmo na véspera ou no desenlace de um grande acontecimento. Ele não viera, por exemplo, quando foi proclamada a Monarquia, tampouco na semana em que ela veio abaixo. E assim por diante: o mesmo acontecera com o cometa de 1942, mais tarde com a chegada dos alemães e a seguir com a dos comunistas. Depois disso, alguém dissera: Agora ele não vem mais.

Eu achava que viria.

2. Minha tia mais nova sob suspeita de imoralidade

Embora ainda ecoasse em meus ouvidos a recomendação de nada dizer, tal como se tivessem me dito o contrário, a primeira coisa que fiz, no dia seguinte, foi contar tudo ao meu amigo Ilir.

Foi na hora da aula de geografia, o professor estava falando do Alasca, e Ilir, muito dissimuladamente, comentou que sentia pena dos esquimós com aquele clima que caía a mil graus abaixo de zero.

Assim que tocou a campainha do intervalo, ele se atirou na minha direção e disse: "Achei!".

Fomos para um canto do pátio, ali onde usualmente trocávamos segredos, e ele continuou:

— Achei o que sua tia viu no seu tio: o pinto!

Perdi o fôlego. O assombro até se misturava com certa raiva.

— Que maluquice é essa? Do que você sabe?

— Sei — assegurou ele. — Muitos querem se matar por causa disso. Principalmente os que têm um pequeno.

Franzi os lábios num muxoxo de descrença. Já tínhamos mostrado tantas vezes um ao outro, sem que passasse pela cabeça

13

de ninguém se matar. Recordei-o a Ilir, mas ele explicou que quando quem via era mulher, a coisa era diferente. Porque só elas sabiam como devia ser. Ei, cale a boca, disse eu. Ele se fez de desentendido e voltei a dizer que parasse de falar de minha tia, pois ela, mesmo sendo bonita, não era daquelas vagabundas que ele podia pensar.

Ilir encolerizou-se. E sua mãe, era vagabunda? E me lembrou do dia em que tinha me mostrado suas roupas de baixo de seda. Você bem que gostou de vê-las, mas agora não agüenta nem meia palavra.

Na verdade eu me sentia desconfortável. Pela primeira vez desde que nos conhecíamos tive vontade de pedir desculpa.

Sem esperar pelo domingo, já na quarta-feira fui até o vovô. Vista de longe, a casa parecia tranqüila, mas quando entrei no jardim meu queixo caiu. A cena era inacreditável. Diante de vovô, que sugava seu cachimbo afundado na espreguiçadeira, Pero Luke, "o Cigano Grande", como o chamavam na varanda, tocava violino.

Era a primeira vez que aquilo acontecia de dia. Por anos a fio eu me acostumara a escutar os violinos dos judeus, de Pero, junto com seus meninos, à noite no jardim, na presença de toda a grande família de vovô. Agora eles estavam sós como dois pobrescoitados, vovô e Pero, enquanto em volta, no lugar da noite estival, com sombras, vaga-lumes e o bruxulear de alguma luz distante, reinava apenas a luz, fria como depois do fim do mundo, das lajes do jardim.

Ambos tinham os olhos semicerrados; assim, passei sem ser percebido, com o coração apertado de tristeza. Havia todos os sinais de que aquela casa ia por água abaixo. Quando subi as escadas, acorreram-me pedaços de conversas recentes, algumas advertências feitas a vovô, de que devia abrir mão dos velhos hábitos de senhor de terras, que ainda se deixava adular por seus ex-camponeses.

Encontrei a tia mais nova diante do espelho, como era comum. Sorriu-me através dele, sem se voltar.

Por algum tempo segui com os olhos as mãos dela que ajeitavam com o pente uma mecha de cabelo para a esquerda, e novamente para a direita. Acompanhava os movimentos do pente com seus olhos irrequietos, coisa que sempre me parecera incompreensível. Mas naquele dia o enregelar dos nervos ajudou-me a dizer sem nenhum rodeio aquilo que podia ter dito um pouco mais sutilmente.

— Eu sei o que você viu do seu irmão.

— É? — fez ela, sem interromper o penteado. — Se sabe, me diga.

Eu pressentia que a verdade não a agradaria, mas não imaginava que passasse tão subitamente do menosprezo para toda aquela raiva. Voltou-se num lampejo, o pente tombou da mão, o rosto enrubesceu até a raiz dos cabelos, até o espelho parecia a ponto de se estilhaçar de ira.

— Você é maluco — gritou. — Maluco e indecente. Como se atreve, seu idiota? Porcalhão. Imundo.

Sua voz tremia enquanto ela procurava, ao que parecia, outros xingamentos. Em seguida o sofrimento a sufocou e ela rompeu em lágrimas.

— Sabe o que quer dizer isso que você falou? — conseguiu balbuciar em meio aos soluços. — Diga, sabe? Quer dizer que eu seria uma espécie de sem-vergonha que espia o irmão enquanto ele se banha. É assim que você me vê? Como uma sem-vergonha?

Meu coração estava em pedaços, mas, completamente perdido, não sabia o que dizer. Ali fiquei, petrificado, até que ela se ergueu e correu para o seu quarto, com certeza para chorar ainda mais.

Depois de um longo intervalo, ela deu comigo na porta do quintal, acompanhando com os olhos o vôo das gralhas, coisa que me acontecia sempre que ficava embasbacado. Tinha os olhos vermelhos, as faces também.

— Ouça aqui — ela me disse, pondo a mão em meu ombro. — Eu ia passar cem anos sem falar com você, mas, como não quero que essa sua cachola suja... — Ela repetiu algumas vezes as últimas palavras, bem perto do meu ouvido. Pois bem, como ela não queria que na minha cachola desavergonhada restasse nem que fosse a sombra de uma dúvida, faria aquilo que tinha jurado não fazer jamais e contaria o que vira do seu irmão.

Enquanto ela falava, senti uma coceira na orelha, mas a curiosidade de ouvir finalmente o segredo fez com que esquecesse tudo o mais. Ela continuava a falar baixo. Era verdade que vira algo do irmão, mas nada daquilo que a minha mente suja imaginara. Certo domingo, enquanto passava umas calças, achara algo no bolso interno...

— Uma carta de amor?

Os olhos dela, ainda com os vestígios das lágrimas, pestanejaram como se tremessem.

— O que você sabe dessas coisas? — perguntou, quase docemente. — Você sabe o que são cartas de amor?

— Sei — respondi. — A prima de um colega meu, que recebeu uma um dia desses, desmaiou e foi parar no hospital.

— Agora escute — disse ela. — Não era uma carta de amor o que eu vi. Nem aquela outra coisa, aquela palavra suja que você lembrou. O que eu vi foi outra, outra coisa. Mas você tem que me dar sua palavra de que nunca vai contar para ninguém, nem nesta vida nem na outra.

— Dou — disse eu. Estava convencido de que daquela vez não quebraria o juramento.

— Agora escute — continuou ela. — Não é fácil de explicar. Você sabe, já ouviu falar, acho, do que chamam de Partido Comunista.

Fiz que sim com a cabeça. Claro que eu sabia. Em todos os muros da escola só se via o nome dele.

— Escute — disse a tia pela terceira vez — e não me interrompa.

Sempre em voz baixa, ela continuou a me explicar que o nome dele, quer dizer, do partido, estava realmente em toda parte, mas ninguém podia dizer que o tinha visto pessoalmente. O que ela havia achado no bolso secreto do irmão era exatamente uma "carteira do partido", quer dizer, um caderninho bem pequeno, de capa vermelha, comprovando que o tio mais novo era membro *dele*, quer dizer, do Partido Comunista.

Minha cabeça estava confusa. Por isso meu tio queria se matar? Enquanto a tia me falava, eu pensara em todos os tipos de papéis, em sua maioria ameaçadores, como os dos piratas, com um buraco no meio, ou as mensagens de Macbeth, enviando o segundo e o terceiro assassinos para acabar com a raça de alguém, ao passo que aquilo parecia ser uma carteirinha ordinária. Além do mais, onde estava o segredo? Não eram todos comunistas?

Titia me disse que não a interrompesse mais com minhas maluquices. O partido, embora estivesse no poder, era clandestino. Por que eu a olhava assim de queixo caído? O que havia ali de tão difícil de entender? Falei que não entendia qual a importância de o partido estar no poder. Meu Deus, que tolo você é, disse ela, e por algum tempo tentou me explicar. Achei ter entendido tudo, mas de maneira muito confusa. Não era a República que estava no poder, depois de ter derrubado a Monarquia? Ela voltou a me chamar de tolo, depois me disse que o partido estava acima de tudo e que ela estava com dor de cabeça e que portanto eu não devia mais interrompê-la. Então, o partido era secreto. Secretos eram os seus escritórios, chefes e, sobretudo, filiados, assim como suas carteirinhas. A diretiva era rígida: ninguém podia ver uma "carteira do partido". O comunista a quem acontecia aquele horror não tinha o que fazer da vida. Por isso o tio, ao saber que sua irmã vira a carteira, correra para o revólver.

Mal pude esperar a hora de encontrar Ilir para contar as novidades. Enquanto ouvia, ele arregalava os olhos mais ainda do que eu. E eu o chamei de tolo, sem-vergonha e sujo, tudo de que a tia me xingara. Assim, o partido, embora sendo secreto, estava acima de todos. Até a própria República, que derrubara a Monarquia, curvava-se perante o partido. Puxa, fez Ilir, enquanto eu continuava dizendo que o partido, se desse na telha, podia pegar a República pelo pescoço e jogá-la aonde bem entendesse. Ilir, depois de dizer puxa de novo, fez então uma daquelas perguntas que te gelam o sangue: se ele era tão poderoso, por que se escondia?

Levamos um bom tempo penando em busca de uma explicação para aquela história. Às vezes parecia que achávamos, mas logo depois a perdíamos. Recorremos a Deus, que vivia escondido embora estivesse acima de todos. Logo nos veio à mente Mero Lamtch, um célebre ladrão de galinhas que fugia da polícia desde o inverno passado. Por fim, recordamos o homem invisível, que aterrorizava a todos justamente por ser assim, quer dizer, invisível, e isso nos tranqüilizou definitivamente.

Durante todos aqueles dias, a cabeça, fosse para onde fosse, tornava àquele novo fantasma, que se manifestara bem no momento em que se pensava que o medo de fantasmas pertencia ao passado.

A cidade nos parecia diferente. As placas das lojas e dos cafés, as portas das casas, as janelas gradeadas do banco, tudo guardava aquela dualidade. Você pensava estar na frente de um cabeleireiro para mulheres, e eis que ele não passava de um dos escritórios do partido. E assim por diante: as queijarias, o correio, as casas de rendados para jovens noivas. Por trás de suas aparências tranqüilas, no fundo, para além de portas secretas, os membros do partido podiam estar fazendo reuniões clandestinas, com suas carteirinhas agitadas nos narizes uns dos outros, te vi, não te vi, se mata, não se mata...

No domingo de Páscoa, um estudante do nosso bairro se matou. Todos diziam que a namorada o deixara. Mas nós sabíamos que a verdade era outra.

Por algum tempo tudo aquilo nos entreteve, até que certa tarde fizemos quase a uma só voz a mesma e assombrosa pergunta: por que, apesar de tudo, não sentíamos medo de verdade?

Só nos restou admitir às claras que andávamos com um pouco de saudade dos fantasmas antigos. Aqueles, sim, arrepiavam os cabelos de verdade, enquanto esses de agora, com todos os seus "vivas" e as suas "glórias", suas músicas e barulheiras no rádio, assim foi... assim é... dizia Ilir, ruminando. Assim é... dizia eu também, mordendo os lábios, até que um dia achamos ter afinal encontrado o que procurávamos: era um fantasma chato.

3. A chatice domina a situação

Os primeiros a serem ocupados por ela foram os livros. Como tínhamos acabado os que mais adorávamos, fomos à biblioteca da cidade. A chatice transparecia nos títulos: *A boa gente da estepe*; *Primavera*; *A grande esperança*.

Os autores na maior parte eram soviéticos. Ilir depositou esperanças em certo Kononov. O livro se chamava *Relatos sobre Lênin*, e um primo lhe dissera que esse Lênin parecia divertido, mas que quando ia para as cabeças, ia fundo.

A desilusão foi completa. Aquele Lênin não só não matara ninguém, nem mesmo um daqueles convidados que se convida para jantar e para quem se cava uma cova, como tampouco matara um coelho que lhe apareceu pela frente, queria matar e não matou porque as mãos lhe tremiam de emoção. Maior incompetente, eu nunca vira.

Os outros livros nem valia a pena abrir. Trabalho por toda parte, sorrisos, gente de coração sem mácula, atarefada na busca de pão ou abrigo para os companheiros. Nada eletrizante do tipo "a noite é tenebrosa e o corvo crocita sobre o abismo". Nenhuma paragem deserta coberta de névoa onde ninguém confia em ninguém. E principalmente nenhuma paragem onde não se enalteça o trabalho.

Por fim, certo dia, Ilir apareceu com uma pilha de livros do tipo que não se achavam em biblioteca. Não me contou onde os encontrara. Desconfiei que os havia trocado pelas roupas íntimas de seda da mãe. Percorri os títulos num relance: Leon Tolstói: *Sonata a Kreutzer*. Padre Anton Harapi: *Discurso perante a nação*. Depois vinham A *flor da recordação*, *Kamasutra*. E por fim Josip Broz Tito: *O sexto aniversário do Exército iugoslavo*.

Afora A *flor da recordação* e o *Kamasutra*, que logo se via terem palavrões, os outros não tinham nada de mais. Mesmo quando havia mortes, como no livro de Tolstói, eram sem sal, quer dizer, sem crocitar de corvos, sabres ensangüentados que afugentavam assombrações e coisas assim. Tudo era substituído por um piano.

Duas brochuras, a de Tito e a do padre Anton Harapi, quanto mais sem sentido me pareciam mais teimosamente eu continuava a ler. Eu me enraivecia a ponto de dizer comigo: querem me aborrecer, é? Pois não vou me entediar, só para contrariá-los.

Realmente eu estava chegando ao fim, para divertimento de Ilir, quando afinal achei no livro de Tito, no momento em que já perdera toda a esperança, a frase: "Naquele inverno frio e terrível de 1942". Quase não acreditei em meus olhos, tal como um viajante que encontra algo verde no deserto. Li aquilo umas dez vezes e em cada uma não cansava de me admirar ao ver que aquela frase não secara em meio a tantas palavras estéreis.

Foi a mesma palavra, "terrível", que me pareceu ter valor no livro do padre Anton Harapi. Escrita na pronúncia geg — "*mnerrshme*" em vez de "*tmerrshmë*" —, ela soava para mim e Ilir com uma grandeza duplicada.

Caso o aborrecimento se limitasse aos livros, o mal não seria tanto. Mas não era assim. Logo ele começou a passar às pessoas.

Muitas das caras que eu via nos livros, de gente viva ou morta, começaram a me parecer completamente maçantes.

Tudo começava com o homem que tinha fundado o Estado albanês, mil anos atrás. Ao se referir a ele, o professor por duas vezes empregara a expressão "o velho de Vlora"; e, como se não bastasse, na terceira vez referiu-se ao "sábio velho de Vlora".*

Foi o quanto bastou para que eu me enfurecesse. Lá vêm de novo os velhinhos benevolentes e os livros entediantes, pensei. Foi esse lacaio que acharam para hastear a bandeira?

Na verdade, a bandeira da Albânia agradava tanto a mim como a Ilir. Não tinha nada do que nosso coração pedia, como sinais de morte, ossos cruzados como as dos piratas, mas pelo menos era melhor que as dos outros países. Em vez daquelas faixas sem sentido, uma branca, outra vermelha, outra azul, ou uma azul, uma amarela, uma branca, ali pelo menos aparecia uma águia negra de causar arrepios.

Mas não adiantava. Aquela bandeira erguida há mil anos, em vez de tremular nas mãos de um mártir irado e pálido, fora deixada para um velho sabido, certamente de mãos trêmulas.

O rosto dele tinha uma benevolência exasperante. Um homem daquele não poderia erguer sequer um cajado para espantar gralhas, quanto mais uma terrível águia. Eu até me admirava de que ele não tivesse se confundido e erguido a bandeira alemã ou a finlandesa no lugar daquela da Albânia.

Eu mal esperava tocar o sinal para falar com Ilir de tudo aquilo quando um obscuro raciocínio começou a me incomodar. O "velho de Vlora" se parecia com alguém. Por algum tempo fingi não perceber com quem era, mas por fim desisti do estrata-

---

*Ismail Qemal, "o Velho de Vlora", proclamou a independência da Albânia em 1912, após quatro séculos de domínio turco-otomano. (N. T.)

gema e melancolicamente admiti a verdade: o hasteador da bandeira se parecia com meu avô. Como duas gotas d'água.

Os dois davam pena. Um fazia que hasteava a bandeira, o outro fingia que lia livros em turco. As pessoas ao redor comportavam-se como se os ouvissem, mas, na verdade, mal esperavam a hora de mostrar-lhes a língua pelas costas. Numa palavra, dois bocós que de nada serviam.

Um terceiro paspalho logo se juntaria aos dois: Stálin. Seu retrato estava em toda parte. Como se não bastasse a insuportável benevolência que emanava desde os cabelos grisalhos até os bigodes, ainda havia as palavras "pai" e "tio", que jamais esqueciam de antepor a seu nome.

Ilir certo dia chegou de repente para me dizer que um primo dele ouvira no rádio que aquele Stálin era chamado por seus inimigos de "gênio do mal", quer dizer, o mais terrível entre os terríveis.

No início demos risada, mas depois fomos tomados pela suspeita de que os inimigos estivessem confundindo nossa mente.

Quanto a Stálin, longe de ser "o gênio do mal", era o mais caduco de todos. Via-se desde então que já não controlava nada. Todos o enganavam: Molotov, Pavel Vlassov, Tchapaiev, Vorochilov e os outros, enquanto ele próprio, como palerma que era, ocupava-se de tirar fotos com crianças.

A única esperança que me restava era Enver Hodja, cuja chegada aguardava-se havia tempos. Sempre conforme o primo de Ilir, com ele não se brincava. Em uma só noite matara Kotchi Dzodze, o baixote sinistro, e outro sujeito, um grandalhão de dois metros de altura.

A razão nos dizia que dessa vez não nos decepcionaríamos. Desgraçadamente aconteceu o contrário. A princípio tudo ia bem. Embora ele não fosse pálido, o que naturalmente nos agradaria, por razões já sabidas (corujas, fantasmas etc.), sua imagem ao subir à tribuna não nos decepcionou. Pelo menos dava a impressão de poder ter estrangulado mesmo o baixote. Porém mais tarde tudo foi por água abaixo. Sorrisos, acenos de mão, benevolências, flores e um discurso feito de queijo e mel. A seguir, os ensurdecedores brados e palavras de ordem. A todo momento ele gritava "Viva o povo!", e o povo imediatamente respondia "Viva o partido!"

Ilir começou a cutucar meu braço. Eu imaginava o que ele queria dizer. Aquele ali em nada se parecia com Hamlet ou com o conde Ugolini, para não falar do Máscara Negra; não lhe chegava ao chinelo.

Quando chegamos em casa, falamos de tudo aquilo. Como de hábito, Ilir concordava comigo em tudo, exceto talvez quanto aos brados de viva isso, viva aquilo, que tinham me parecido especialmente sem sentido. O que você usaria no lugar deles?, indagou ele. Em vez de gritar "viva", ia gritar "morra o povo!"?

Dei razão a ele, aquilo também não seria razoável. Mas pelo menos podiam achar outras palavras, por exemplo, "Vida".

Ilir achou aquilo genial.

Dois dias depois da ida de Enver Hodja, disse-me em voz baixa, como se confiasse um segredo:

— Vi seu pai na rua. Achei-o... *terrível*.

— Foi?

Eu não sabia como agradecer-lhe.

— Caminhava carrancudo, olhando para tudo com soberba. Nem me reconheceu.

Via-se que Ilir derretia-se de admiração. Não era à-toa que éramos tão amigos.

— Sabe — disse pouco depois com voz ainda mais baixa.

— Eu acho seu pai parecido com Hitler. Não me leve a mal.

— Não... — respondi, apesar de que as palavras dele me

feriram um pouco. Ilir era mestre em usar as palavras mais desnor-
teantes quando menos se esperava.

Quando cheguei em casa, enquanto almoçávamos, exami-
nei dissimuladamente papai. Ilir tinha razão, parecia direitinho
com Hitler, apenas mais alto.

4. A falsa paz dos fracos. Vovô é declarado opressor do povo grego

Meu tio mais novo se recuperava. Agora ele mesmo passava suas calças e, ao que parecia, largara mão do suicídio. Isso era confirmado pelo retorno da preocupação com a queda dos cabelos.

Enquanto ele pensava em estourar os miolos, tinha parado de perder cabelos, dizia o tio mais velho. Agora que aquilo passara, os fios, só de teimosos, tombavam outra vez.

Os dois tios pareciam reconciliados. Mais uma vez iam e voltavam juntos do colégio. Mas já não tinham aquela intimidade de antes. Em raríssimas ocasiões, por exemplo, faziam o que eu mais admirava neles, falar em latim, para que os outros não entendessem.

Até as conversas da hora do almoço já haviam sido mais alegres. Agora mostravam todo tipo de limitações. Antes, sabia-se que era preciso evitar três coisas: tudo que se referisse à audição, devido à surdez do tio mais velho; à calvície, por causa do mais novo; e a cartas de amor, pois suspeitava-se que a tia mais nova as recebia em segredo. Mas ultimamente os assuntos proibidos vinham se multiplicando. Além do suicídio, pode-se imaginar por quê, entrou na lista a música, quer dizer, a dos violinos ciganos, que já não eram lembrados, pois nem as serenatas noturnas, nem as vespertinas de Pero Luke podiam acontecer. Por fim, e o mais difícil: era vedado falar do Partido Comunista, pois a menção a seu nome fazia o tio mais velho perder as estribeiras. Todos na família sabiam, com a descoberta da verdade, do doloroso fato da filiação comunista do tio mais novo, enquanto o mais velho, que fora o primeiro a falar em comunismo, não era do partido, o que deixara este último profundamente ferido em seu amor-próprio.

Dava pena vê-lo ficar meio confuso e à margem da conversa, em virtude dos ouvidos, logo ele que três anos antes era um azougue. Costumava ser tão irrequieto que certa tarde aparecera com uma bomba na mão, para mandar pelos ares o sapateiro que não aprontava seus sapatos. Eu por acaso estava lá naquele domingo inesquecível, enquanto vovó, as tias e os ciganos da varanda gritavam com ele, tentando contê-lo com súplicas e interjeições.

Parecia que os acontecimentos ruidosos pertenciam ao passado na casa dos Dobatë. As folhas amareladas que tombavam aos tufos em toda parte convidavam à calma, e mais ainda o som isolado do violino de Pero Luke. Este, depois de ter sido proibido de tocar diante de vovô assim que caía a tarde — "a hora da nostalgia", como diziam ironicamente os dois tios, ou seja, precisamente o momento em que ele tocava violino outrora, junto com os filhos, nos inesquecíveis crepúsculos do verão —, agora fazia o mesmo, com a única diferença de tocar sozinho e de longe.

No mesmo horário, talvez por acaso, vovô estava em sua espreguiçadeira, na varanda sul, com os olhos entrecerrados pela modorra. Desconfiava-se que os dois tinham feito um arranjo, embora a tia mais nova dissesse ser difícil acreditar que vovô fosse capaz de tão refinada astúcia.

Enquanto isso a calma caía sobre a casa, ainda que os tios batessem boca entre si (um dia ouvi o mais novo dizer: "O patrão não se distingue do criado, nem o criado do patrão", frase que escrevi num pedaço de papel, para não esquecer), e mesmo que isso não agradasse a ninguém, as coisas não tinham chegado a ponto de eles atrapalharem a hora da nostalgia.

A paz, contudo, era alheia aos Dobatë. A tia me contara que em todas as grandes casas de Girokastra as rixas eram tão prolongadas que ninguém lembrava a origem da maioria delas. Nossos primos Hankonatë tinham uma briga bicentenária com os Kokobobo, e estes, uma com os Shtino, todas igualmente antigas. A desavença mais prolongada que se conhecia era a dos Zekate com os Babamet: mais de três séculos, desde o tempo em que estes últimos ainda eram cristãos. Além da extensão, a briga era célebre por sua origem, que, surpreendentemente, era conhecida. Segundo se dizia, a causa fora um raio. Mas só Deus sabia que raio teria sido, quando riscara os céus e como fora conduzido até Girokastra para engalfinhar as famílias.

Não esquente a cabeça com essas coisas, dissera-me a tia certo dia. Conta-se que brigaram por um raio, mas não foi assim. Agora que você já lê livros, pode saber. Com palavras vagarosas, a tia me contara que o raio referido pelas pessoas, que inflamara minha mente, pois não era fácil imaginar como os Zekate e os Babamet tinham se desavindo por um motivo assim, na verdade teria a ver com um anel de noivado e uma noiva, ou, pior ainda, dizia-se que tinham utilizado o raio como instrumento para açoitarem uns aos outros. Portanto, aquilo que me roubara o sono por tantas noites não passava de uma história de embeiçamento, como se referiam naquele tempo ao amor.

Tratava-se de um espelho, por meio do qual um Babamet enviava sinais a uma moça dos Zekate a mesmíssima coisa que eu e Ilir tínhamos feito com Graciela, a bela judia que havia na classe, sem ao menos cogitar que podíamos iniciar uma rixa tricentenária.

Tais coisas me vinham à mente toda vez que nuvens negras

ensombreciam a mesa de jantar, fosse em nossa casa ou na dos Dobatë.

Não sei dizer como começara a última vez, acho que com uma frase da tia mais nova, "Desse queijo não se come", e a uma exclamação de vovó: "Ai, vejam o queijo que o Kitcho trouxe, em minha honra".

O tio mais novo levantou-se, ameaçador.

— *Culpa maxima* — disparou, sem fitar ninguém.

— *Castigamus* — retrucou o mais velho.

Era fato sabido que não se podia esperar nada de bom da seqüência de palavras latinas.

Pensei que as coisas ficariam por ali, mas o tio mais novo não era desses que fogem de uma briga.

— Você e esse "Kitcho, em minha honra" — ele interpelou vovó. — "Kitcho, em minha honra", como nos tempos da Monarquia? Como se o agregado Kitcho fosse uma coisa desprezível?

Vovó permanecera com a colher na mão. A custo se agüentava o silêncio.

— Ih — disse ela por fim —, escapou. Sou uma velha...

Os olhos do tio mais novo, faiscando de raiva, voltaram-se para vovô.

— Já não basta que o seu marido, durante um quarto de século, tenha explorado os camponeses da minoria grega, e você ainda vem com essa lengalenga: "Por minha honra, grego".*

— Contenha um pouco essa língua — disse vovó. — Seu pai nunca explorou os camponeses. O pão que ele tinha, dividiu.

Vovô fitava a cena com uns olhos de dar dó. Ensaiou dizer algo ao filho depois de vovó, mas no final, como sempre, nada disse.

O silêncio fez-se pesado, enquanto eu pensava que talvez

---

*A população albanesa inclui uma minoria grega (1%), que se concentra em Girokastra, no extremo sul do país. (N. T.)

tivéssemos sorte, pois naquela casa as brigas por coisas tão aborre-
cidas como a política não chegavam a terminar em tragédia. Uns
anos atrás, durante a guerra, haviam acontecido algumas tão infla-
madas com nossos vizinhos de Palorto, os Shametë, que em uma
briga o pai e seus filhos trocaram tiros de metralhadora, eles
embaixo, no térreo, o pai em cima, no terceiro andar.

— O violino que toca à noite, os livros em turco de dia, esta
casa cheira a mofo — disse o tio mais novo, cheio de desprezo.

A tia mais nova interveio de surpresa, ao que parecia para
mudar de assunto. Informou que a língua turca fora proibida na
Turquia.

O tio mais velho, que surpreendentemente escutava tudo o
que não devia, levou as mãos à cabeça.

Disse que naquela casa se falavam as maiores maluquices da
Europa e da Austrália, somadas. Não era a língua, mas o alfabeto
turco que fora substituído pelo latino.

— E daí? — contrapôs a tia mais nova. — Em vez de Ali
hodja, hodja Ali.*

— Só mesmo uma cretina para misturar línguas com alfa-
betos como Ali hodja com hodja Ali.

A tia mais nova deixou a colher cair.

— Quer dizer que para você eu sou uma cretina?

Sem esperar a resposta, ela jogou o prato e levantou-se num
impulso para abandonar a mesa, com os belos olhos cheios de
fúria e lágrimas.

Vovô fez que ia dizer alguma coisa, mas, como sempre, nada
disse.

---

* Hodja: título dos clérigos muçulmanos. (N. T.)

5. Os Dobatë e os Kadaré.
Questão de loucura

Deixei a casa de vovô aborrecido. Nas poucas palavras que trocara comigo, meu pai dissera certo dia que metade dos Dobatë eram loucos. Estes diziam o mesmo de nós. Segundo eles, não a metade, mas todos os Kadaré eram doidos.

Quando entrei em casa, vovó e a irmã de papai, tia Djem, ambas altas e espigadas como vassouras, despediam-se como de costume, no topo da escada. Tia Djem era apontada na rua como uma das provas da maluquice da família. Granjeara essa fama desde os tempos da Monarquia, devido à sua soberba. E a fama, longe de refluir, como acontecera a tantas coisas sob o novo regime, crescera espantosamente. Ao que parecia, ela era inclusive a única velha da Albânia a ser proclamada *decadente*, pois sua soberba fora citada numa reunião de bairro como "sinal de desprezo pela coletividade".

Outro testemunho de loucura era nosso primo Remzi Kadaré, que em uma semana perdera no carteado sua enorme casa com mais de quarenta aposentos. Contavam que ele começara pelo terceiro andar, liquidado ali entre a meia-noite de segunda-feira e a alvorada de terça. O segundo andar sucumbira na quarta. Depois da meia-noite de quinta, ele dissipara o térreo, porém ao amanhecer o recuperara, inclusive com a metade do segundo. Isso aparentemente o encorajara, mas no sábado e na madrugada do domingo arruinara-se de vez. Desabara junto com o térreo, depois, sucessivamente, com o porão, o celeiro, a cisterna, o quintal e a varanda, só decidindo se conter quando chegara a vez do portão. Conservou-o, comentando que enquanto o portão existisse, Remzi Kadaré estaria de pé. Entrementes, pedira emprestado o revólver de seu primo Tchertchiz Tchotcholi para se matar, pois seu revólver ornado de prata ele também perdera no jogo. Agora, sem eira nem beira nem mulher, perambulava pela cidade com uns tamancos de madeira e um cobertor do Exército italiano nos braços, para abrigar-se à noite em seu portão, graças ao qual chamavam-no, por zombaria, de Sublime Porta.

No topo da escada, vovó e tia Djem se perdiam nas despedidas. Eu tinha certeza de que um dia desses seriam tomadas de vertigem e tombariam escada abaixo.

Retornei ao meu reino, um canto especial, meio aposento, meio mezanino, entre os dois pavimentos. Ali eu e Ilir fazíamos o que bem entendíamos e ninguém nos estorvava. Agora construíamos um cavalo de madeira, aquele que acabara com a raça de Tróia. As tábuas e os pregos que tínhamos achado no porão se espalhavam por toda parte. Determinamos que nosso cavalo, ao contrário daquele dos gregos, não penetraria na cidade, de maneira que nós dois salvaríamos Tróia.

Ouvi a porta da rua se fechar e subi para o grande quarto de onde a tia tinha saído. Ao lado da estufa viam-se as xícaras de café e o binóculo por onde as duas mulheres, como de costume, tinham estado observando as montanhas e o cemitério de Vassilikoit.

— Vovó — disse —, será que nós, os Kadaré, somos doidos?
Ela fitou-me com seus olhos claros e bem desenhados. Dife-

rente das outras vezes, não gritou "Que história é essa? Onde ouviu essa besteira?", mas passou um tempo pensativa.

— Metade de Girokastra fala essas coisas sobre a outra metade — disse ela, baixinho. — Procure não pensar nisso.

Efetivamente tentei, por alguns instantes, não pensar, mas fracassei.

— E eu? Sou maluco? — indaguei pouco depois.

Ela sorriu de leve e acariciou-me os cabelos.

— Você é tão maluco como devem ser os meninos.

Viu que eu não ficara muito satisfeito com a resposta e continuou a afagar-me.

— Mufi Torro, que só pensa em comer, acharia uma maluquice se visse o cavalo que você está fazendo para salvar aquele lugar que não lembro o nome. Mas eu não acho.

— Por quê? Como você sabe disso?

— Eu sei.

— Você não sabe o que é Tróia, como pode saber o resto?

Ela pensou um bom tempo.

— Sei que o que está na sua cabeça é alguma coisa digna. O resto é o resto.

Não quis cansá-la, depois de ela ter conversado tanto com tia Djem, mas mesmo assim não resisti a perguntar como ela sabia o que estava na minha cabeça.

Eu estava convencido de que, por mais que as pessoas gostassem de dizer "Eu sei o que você está pensando", ninguém nunca sabia o que ia na cabeça do outro. Por exemplo, bem na hora da lição, quando o professor Jorgaq, inflando aterradoramente as bochechas, explicava o que é um furacão, eu, embora fizesse que escutava, pouco me importava se o furacão levava consigo os telhados, as vacas e as ovelhas do Uruguai, digamos, para atirá-los na Dinamarca. Na verdade o pensamento me conduzia a outros assuntos, por exemplo um selo postal da Suíça que Ilir tentava

35

fazer passar por um da União Soviética, ou para a sombra escura sob ventre de Graciela Jakoel, a linda judia que eu vira dois dias antes pela fechadura do banheiro das meninas.

Com sua voz grave, naquele tom especial que antes usava para me adormecer, vovó me explicava que sabia o que eu tinha na cabeça porque quanto mais alguém se aproximava da morte, mais claramente via as coisas que antes não conseguia enxergar.

Quando perguntei se no dia da morte a gente consegue avistar tudo, ela sorriu com amargura. Precisamente naquele instante, quando decerto tudo emergia das trevas, Deus congelava a boca do seu servo para que ele não contasse o que aparecia. E assim as pessoas se iam deste mundo, uma após outra, levando consigo os grandes segredos.

À noite, logo antes de adormecer, eu trouxe à mente as palavras de vovó, as pessoas que se iam carregadas de segredos, as fileiras de albaneses, pobres-coitados expulsos da Grécia, o tio mais novo que quisera se matar por causa do fantasma do partido e um dente estragado na boca de Pero Luke.

Cansado daquilo, conduzi a mente para o que eu mais gostava de pensar: como entraria em Tróia com Ilir. Ocultos dentro do cavalo de madeira, como sairíamos à noite para avisar aos troianos que os gregos estavam em volta? Como procuraríamos o prédio da polícia numa cidade onde nunca tínhamos estado e onde as ruas eram vielas desertas, e as casas estavam completamente às escuras, talvez com exceção daquela onde dormia a bela Helena, cuja sombra sob o ventre haveria de ser cem vezes maior que a de Gabriela Jakoel, já que ela fora a causa de toda aquela guerra terrível?

O sonho não vinha e eu disse comigo: que bom que tenho Tróia para casos assim. Dezenas de vezes eu já quisera saber como a mente se enche de pensamentos, em seguida se esvazia e dá lugar a outros, e como seriam as pessoas que tinham a cabeça oca.

Ah, que mundo cheio de cabeças, dissera uma vez tia Djem.

Era noite e aquilo me parecera assustador. Como podia haver tantas cabeças? A de papai. A de Hitler. A de Graciela. A dos ciganos. À noite, idéias de todo tipo entravam em cada uma delas. De permeio, com certeza, sob disfarces para não serem reconhecidas, entravam as loucuras.

Que bom que eu não sou maluco, dizia comigo, enquanto sentia o sono aproximar-se afinal. Não andaria mais pela "vereda dos loucos". Ali, eu estava convencido, morava, oculto como uma víbora, o perigo da loucura.

6. Início de inverno.
Começa com a surra nos professores de latim. Prossegue com os fantasmas que aparecem

A semana principiou matreiramente. Nada do que iria acontecer deu sinal de si. Em casa tinham preparado feijão com carne. A mãe de Ilir fizera bureka com queijo, mas exagerara no sal e estava intragável, que fazer... Ilir me disse que isso acontecia sempre que ela comprava novas roupas íntimas de seda. Então os pensamentos esvoaçavam, os olhos se enevoavam e ela passava horas a fio na janela, como se esperasse por algo.

Continuávamos a construir o cavalo de madeira. Devido ao mau tempo, papai estava retido desde sábado numa aldeia da Lundjeria, onde fora levar o correio. Aproveitávamos a ausência dele para fazer o que queríamos. A casa reverberava a tarde inteira com as marteladas.

Ele chegou de modo inesperado na segunda-feira. Estava frio, nervoso, e trememos ao vê-lo. Ficou um momento de pé, fitando-nos sem fazer caso de nós, mas, estranhamente, nada falou.

Ilir não ocultava nem seu medo nem sua admiração. Parecia prestes a gritar "Heil Hitler!".

Papai subiu a escada e, em meio ao silêncio que se criou,

lembrei-me da fotografia de vovô que eu trouxera da casa dele expressamente para Ilir.

Sem nada dizer, mostrei-a e ele quis saber:

— Quem é este?

— É o meu avô, de quem falei.

Ilir franziu os lábios.

— Mentira — disse —, este é o velho de Vlora, aquele que hasteou a bandeira.

Fiquei com raiva de ser chamado de mentiroso, mas contente em ver que ele também, tal como eu, achava vovô parecido com o fundador do Estado albanês.

— Então, este é o meu avô, mesmo que ele não reconheça que fundou o Estado.

Ilir continuava a examinar a foto, fazendo tsk, tsk, tsk com a língua.

— É ele — disse —, o fundador da Albânia. Não sei por que não confessa.

Por algum tempo tentamos descobrir a causa. Porque se esquecera? Arrependera-se do que fizera e agora queria esquecê-lo? Ou fingia não lembrar?

Não atinamos com o motivo.

— Talvez tenha perdido o juízo — disse Ilir. Tremi por dentro ao ouvir aquelas palavras sobre vovô, embora tivesse pensado nelas antes que Ilir as pronunciasse.

— Só pode ser, com certeza — acrescentou Ilir pouco depois. — Perdeu o juízo. Senão, não há como explicar que um homem vire tudo pelo avesso para salvar a Albânia da Turquia e depois passe dias e dias lendo, como você me contou, livros turcos.

Era a primeira vez que eu me enfurecia com vovô.

— E tem mais — eu disse. E contei como, na semana anterior, bem no meio do almoço, o filho dele, quer dizer, meu tio mais novo, o chamara de opressor do povo grego.

40

Ilir franziu os lábios. Depois fez um "hã".

— Sobre os gregos, não sei o que dizer — falou. — Opressão lá, opressão cá.

Em certos dias era muito difícil conversar com Ilir. Por sorte, ouvimos outra vez os passos de meu pai, que descia a escada, e Ilir permaneceu quase que em posição de sentido enquanto ele passou por nós sem nem voltar a cabeça.

Quarta-feira ao meio-dia, deu-se a completamente inesperada despedida de Graciela Jakoel, de partida para Israel. Todos sabíamos que ela era judia, assim como sabíamos que seu pai era judeu, o dr. Jakoel, dono da única farmácia da cidade. Mas de Israel nada sabíamos.

Fez-se na classe uma pequena cerimônia, durante a qual aprendemos muitas coisas. O professor Jorgaq, que tomou da palavra, começou a dizer que embora a Albânia fosse amiga... quer dizer, supostamente amiga dos alemães... ou, melhor, que os alemães posavam de supostos... amigos da Albânia... e o governo albanês fosse pró-Alemanha... assim, portanto, embora...

O professor Jorgaq embaralhara-se tão feio com outros "supostamente" e "embora" que por um instante pensei que Graciela e o pai seriam levados de volta a um campo de concentração, mas por sorte o orador conseguiu aprumar-se e, com frases cortantes, quase gritou que a Albânia... embora sendo... um país pequeno... orgulhava-se de ter defendido os judeus durante a guerra e agora os conduzia a seu país, Israel. O dr. Jakoel disse o mesmo. Depois contou como ele e a família tinham sido escondidos, de casa em casa, sem que ninguém os delatasse, nem os vizinhos, nem seus colegas, o dr. Babamet Grande ou o dr. Babamet Pequeno... e ele não conteve as lágrimas.

Leve-se em conta que Graciela, assim como as meninas da

classe e o professor Jorgaq, também choravam. No momento da despedida, ela nos abraçou a todos e Ilir imediatamente se apaixonou; alguns segundos mais tarde, logo depois de abraçado, também eu me deixei arrebatar.

Quando Graciela acenou-nos pela última vez e disse "Não esquecerei a Albânia", talvez por eu estar abalado voltei a enervar-me com vovô. Uma menina judia falava assim, enquanto ele, que hasteara a bandeira, depois de fundar a Albânia esquecera-a em seguida.

Por toda a quinta-feira eu e Ilir ficamos melancólicos. Durante a cerimônia, havíamos aprendido que a bandeira de Israel tinha uma estrela não com cinco pontas, mas com muito mais, que desenhamos durante a aula de aritmética. Eu fiz uma estrela de sete pontas, enquanto Ilir, talvez para mostrar que amava mais Graciela, fez uma com doze.

A saudade continuaria e até apertaria na sexta-feira, se não fosse um imprevisto. Toda a cidade foi ver o que acontecia no ginásio: estavam surrando os professores de latim.

Uma multidão de curiosos acompanhava da rua a confusão no pátio maior. A maioria permanecia calada, mas alguns gritavam, cheios de entusiasmo. "*Ave Caezar, morituri te salutant*", berrava um ruivo. Outros caíam na risada. Ouvia-se uma mulher falar "Lilo, querido da mamãe, não bata no professor", e em seguida o berro do ruivo: "*Quosque tandem, Catilina, abutere patientia nostra?*". Outro, trepado numa pedra, bradava o que tinha na cabeça: "*Urbi et orbi*". Diante dele, alguém repetia sempre: "*Ad hoc*". E outro esbravejava: "*Da zdravstvujet ruskij jazyk!*".*

---

* Em latim, no original: *Salve, César, os que vão morrer te saúdam; Até quando, ó Catilina, abusarás da nossa paciência?; Para a cidade (de Roma) e o universo; Para este caso*. Em russo, no original: *Viva a língua russa!*. (N. T.)

Estavam tirando do currículo o latim, junto com o francês. O grego antigo, idem. O russo substituía a todos. Os vivas à língua russa e a Stálin eram cada vez mais freqüentes.

Por um movimento da multidão, compreendi que algo de novo acontecia no pátio. Os professores finalmente eram retirados, trazidos pelos braços. Estavam pálidos como cera. Eram todos católicos de Shkodra, e entre eles Madame, a senhorita do francês, assim apelidada porque ninguém conhecia seu nome.

Ecoavam os gritos: "Abaixo o papa de Roma!", "A bas la France!", "Viva a União Soviética!".

"*Hepta epi Thêbas!*",* gritou um gorducho, mas o professor de grego não estava à vista. Diziam que desmaiara e estava tomando uma injeção, se é que não fora enforcado no laboratório de química.

Os acontecimentos no colégio tinham inflamado a todos. Murmurava-se que até o próprio albanês podia ser proibido em favor do russo. Logo se disse que aquilo era intriga da oposição e que não se tratava do albanês, mas do falar geg.** Mais tarde, também isso foi qualificado de intriga, a proibição não abarcaria o geg inteiro, mas apenas metade dele, aquele falado pelos padres.

Ninguém saberia quantas invencionices ainda apareceriam, se a segunda-feira não tivesse trazido uma novidade perturbadora: o Partido Comunista iria sair das brumas. No início à boca pequena, como todo grande boato, ele tomou a cidade inteira ali pelo meio-dia, quando chegou ao rádio.

Depois de escutar atentamente a emissora, sem entender direito se fora um erro ou uma legitmação da clandestinidade de

* *Os sete contra Tebas*, tragédia de Ésquilo, em grego antigo no original. (N. T.)
** A língua albanesa possui dois falares dialetais, o geg, falado no Norte, e o tosk, no Centro e no Sul, base do albanês oficial. (N. T.)

43

até agora, as pessoas se convenciam de que o grande enigma por fim estava sendo resolvido. O fantasma se apresentava.

Por noites a fio eu me perguntara como era possível que o partido, que tinha se aninhado nas choupanas e bocainas durante a ocupação, agora que tomara o poder continuasse a se esconder tal como antes e até com maior maestria.

Grupos passeavam até o centro da cidade para ver com seus olhos as novas placas — "Comitê do Partido no Bairro" e "Comitê do Partido na Cidade", recém-penduradas, uma sobre a "Costureira para senhoras" e outra no "Centro dos aguadeiros".

As pessoas quase não acreditavam no que viam. Tinham imaginado que os aparelhos do partido estavam escondidos nas profundezas, pelo menos nas catacumbas de antigos castelos, para não falar nas intransponíveis montanhas onde haviam estado durante a guerra, tal como dizia a canção: "Poliçani, grota feia, lugar das sedes secretas". Mas os aparelhos pareciam ter estado bem ali, debaixo do nosso nariz, sem que ninguém percebesse.

Isso, porém, foi apenas o início da surpresa. Outras crenças tombaram por terra ao longo de toda a tarde. Junto com as sedes, também apareciam os membros do Partido Comunista. E acontecia de eles serem pessoas que ninguém esperava, e não aquelas que tanto elas próprias como o mundo inteiro tinham como comunistas desde criancinhas.

Um varapau de olhos vesgos, tão alto que todos pensavam ter sido apontado por engano, revelou-se efetivamente comunista — revelação acompanhada do raciocínio de que para o partido tanto fazia ser alto ou baixo, ter olhos vesgos e até olho nenhum, para acrescentar que, entre estes últimos, figuravam dois de seus maiores heróis.

As surpresas se tornavam cada vez mais insuportáveis. Dessa forma, uma senhora espalhafatosa, dessas que usavam chapéus com véus do tempo da Monarquia, e que a cada faxina se esperava que fosse presa como ex-burguesa, revelou-se filiada ao partido, ao passo que Hadji Fterra, que aterrorizava Palorto de cima a baixo com seus disparos, nunca o fora. Também não era do partido o incendiário de ícones, Vassillaq Berberi, enquanto o padre da igreja de Vangjelizmoit era, junto com dois dervixes do monastério de Baba Ali, e mesmo desde a fundação.

Os abalos penetravam cada vez mais fundo. Muita gente começou a se esconder de vergonha por não ser comunista. Outros já não saíam à rua porque, pelo contrário, eram.

Como se esperava, dois homens perderam o juízo no bairro de Sfake, onde costumavam nascer as loucuras. Enquanto outro, em Harshovatë, no Cemitério Velho, depois de, não se sabe o motivo, espetar um ramo de manjerona na fita do chapéu, dera um tiro na cabeça.

Entretanto, quem sabe para encher as ruas desertas, outro batalhão desfilou por elas.

Estavam ausentes havia muito tempo. Vestidos com casacas fora de moda, de chapéus-côco e relógios caros com corrente, caminhavam vagarosos, fitando com espanto as pessoas, que, igualmente assustadas, perseguiam-nos com os olhos. Eram ex-altos funcionários do Império Otomano: vizires, diretores de banco ou comandantes de guerras quase sempre perdidas. Retornados após a queda do Estado otomano, trinta anos atrás, iam tocando a vida em suas casas frias e grandes. Habitualmente não saíam delas, só em raríssimos casos, quando se esperavam trocas de regime ou de governo e, com as línguas tão travadas como suas articulações, buscavam o "Café das Correntes", como se chamara outrora a maior lanchonete da cidade, na praça com o mesmo nome.

As pessoas olhavam-nos e balançavam a cabeça, cismarentas. Se eles estavam na rua, isso queria dizer que a última novidade, o desvanecimento da bruma dos comunistas, tinha extraordinária importância.

7. Cada casa tem sua fumaça e suas conversas

Já fazia tempo que eu notara que, enquanto em nossa casa de Palorto se falava mais sobre reinos ameaçados, mortes iminentes ou condenações à cadeia — principalmente aquelas a cento e um anos —, com vovô, aparentemente por causa dos camponeses gregos, e sem dúvida devido aos ciganos, as conversas volta e meia resvalavam para assuntos mais sutis, como as minorias ou os idiomas. Também os suicídios, por motivos que não é preciso explicar.

Na escola esclareceram que a vinda à tona dos comunistas era um acontecimento afortunadíssimo. Até o professor Jorgaq, ao entrar na classe, abriu os braços e gritou, comovido: "Alvíssaras! Alvíssaras! Penso que ouviram as boas novas".

Mais tarde, depois de se recompor, disse-nos que dali por diante tinham acabado os segredos, e portanto os cambalachos, as coisas iriam para a frente e não era à-toa que Tito e a Iugoslávia, junto com aquele anão deles, Kotchi Dzodze, tinham insistido tanto que nosso partido permanecesse escondido nos buracos, afastando-se do povo daquela forma; mas Tito e seu nanico sinistro levaram a pior, de modo que, quero dizer...

Como de costume, o professor Jorgaq atrapalhou-se, enquanto Ilir gritou em voz sonora "Abaixo Tito!", e todos nós batemos os pés no chão cheios de furor.

Em casa a explicação para os acontecimentos era outra. Na sala, tomavam café tia Djem, vovó e sua irmã, Nessibe Karagjoz, que voltara a freqüentar nossa casa após uma rusga de sete anos.

De longe se percebia que falavam daquilo, mas nunca cheguei a alcançar o que pensavam. Talvez trocassem as palavras para que eu não entendesse, ou o próprio assunto era por demais enrolado.

A única coisa que entendi mais ou menos foi que o partido, enquanto permaneceu secreto, não era ameaçado por ninguém. Era mais ou menos como uma planta que mantém suas raízes na terra. Mas depois que a planta abandona o chão, ninguém sabe o que acontece: ou um raio ou um machado a abate, ou ela cai por si mesma.

Aquilo teria me impressionado se eu não soubesse, pela tia, que tudo cai quando chega seu tempo, seja planta, seja governo, era tudo mais ou menos a mesma coisa.

De noite, antes de dormir, senti que algo se tornava mais claro. Tal como os fantasmas, tudo o que era invisível ganhava força. Aquele devia ser o verdadeiro sentido das conversas deles: um fantasma que aparece à luz do dia se enfraquece.

O almoço de domingo no vovô desiludiu-me por completo. Eu chegara transbordando de impaciência, pois precisamente naquela casa, no dia da famosa calça passada a ferro, ouvira falar pela primeira vez na invisibilidade do partido. Não me passou pela cabeça, mas, de todos os almoços servidos na cidade naquele dia, o nosso foi aparentemente o único em que o assunto não foi tocado.

As razões, como vim a saber mais tarde, estavam estampadas na cara amarrada do tio mais velho. Depois de suportar interiormente o desplante de o tio mais novo ser comunista e ele não, ficara possesso agora que o assunto estava nas ruas. Num dia resmungava que haveria de queimar todos os livros turcos de vovô, no outro que faria um serviço mais completo, botando fogo na casa inteira.

Para minha contrariedade, o esfriamento na relação entre os tios se manifestava em tudo. Tinham dividido as raquetes de tênis e em seguida chegara a vez dos livros. Quanto às trocas de palavras em latim, elas não só tinham acabado por completo como nem em albanês eles se falavam mais.

Na mesa do almoço, para evitar o assunto do partido, falou-se dos acontecimentos no colégio. Foi com certeza a única casa da cidade em que a conversa girou em torno das línguas abandonadas. Era que nem comer comida fria.

Pelo que foi contado sobre a confusão no ginásio, os tios não haviam demonstrado uma preocupação especial. Nem um nem outro tinham acertado um professor. É verdade que o mais jovem lançara um viva à língua russa, mas nenhum bradara "Abaixo o latim!". Aliás, o mais velho não tinha gritado nem viva nem abaixo coisa alguma.

Essas eram mais ou menos as novidades.

— Vi aquelas letras russas no livro que você trouxe para cá — disse a tia mais nova para o irmão. — Nossa, nunca tinha visto uma coisa tão desgraçada.

O tio mais novo encarou-a com desprezo. Além de se inscrever para estudar na União Soviética, ele havia começado a aprender russo. Já o tio mais velho, por despeito, dissera que ia para a Hungria, pois sentia uma atração pelo húngaro.

— Cirílicas, não é assim que se chamam aquelas letras desgraçadas? — perguntou a tia mais nova.

— Você já perguntou isso — retorquiu o irmão.

— Qual é o problema? Não gostou de eu ter falado mal delas? Ficou ofendido?

49

— Você não sabe o que diz.

— E você parece que se apaixonou por aquelas letras cirílicas.

— É isso que fala alguém que está pensando em outra coisa.

— E em que eu estou pensando, posso saber?

— Em quê? Todo mundo sabe. No italiano, *amore mio*!

— É? — ela gritou. — É isso que você acha de mim? Que sou dessas que só pensam nisso?

Como já esperávamos, ela se levantou num impulso, largando os talheres e saiu segurando as lágrimas.

Eu já tinha reparado que somente um em cada quatro ou cinco almoços conseguia chegar ao fim.

Vovô fez menção de interferir, fitando com ares severos ora um, ora outro, mas, como sempre, não chegou a dizer nada. Parecia mais fácil conduzir o primeiro governo do país que aquela família.

Por algum tempo, ninguém na mesa falou, até que, em meio ao silêncio, ouviu-se no andar de cima a voz clara da tia mais nova cantando "O sole mio".

Aquilo pareceu desanuviar o ambiente, e todos se puseram a comer com empenho.

Depois da refeição, fui para o quintal. As árvores pareciam doentias, piores que assombrações. Lá fora, na varanda, os meninos ciganos me espiavam de má vontade.

— Você nos chama de *"evgjit"** — desafiou-me um deles.

Dois dias antes, tinham dito na escola que aquele termo estava proscrito por lei dali em diante.

Cocei o nariz, sem saber o que falar.

Eu não tinha idéia de qual palavra haveria de substituir aquela.

— Então, diga lá se você é homem!

---

* *Evgjit*, literalmente, egípcio: designação depreciativa dada aos ciganos. (N. T.)

Pero Luke saiu desembestado pela porta e deu um sopapo no filho.

Fui até a grota onde o regato, como tudo mais, parecia enfurecido. Na volta, ao passar pela varanda, entendi que uma disputa irrompera na casa.

Perto do quarto da tia mais nova, vi um livro, *O turbilhão do amor*, descuidadamente largado sobre uma poltrona. Lembrei o que tinha escutado de manhã sobre a divisão dos livros entre os dois tios e fui ao quarto deles espiar. Dava para ver de longe o que acontecera: os livros tinham sido realmente divididos. Meu coração aplacou-se quando vi que um ficara com *Macbeth* e outro com *Hamlet*. Aquilo parecia significar que a inimizade deles não era sem remédio. Por *A mãe*, de Máximo Gorki, entendi qual era a pilha do tio mais novo. A do mais velho, por sua vez, tinha um volume que parecia misterioso: *Kossova,* * berço do albanismo*, que o mais novo sempre evitava mencionar. Outras divisões eram difíceis de entender; as obras de Cícero publicadas em duas línguas, latim e albanês, as de Frang Bardhi,** alguns livros em francês de Dostoiévski, outras de Gjergji Fishta*** e de Freud, como uma penca de outros livros, cada um mais chato que o outro.

Como eu já fizera outras vezes, folheei o prefácio de *Berço do albanismo*. Os sérvios diziam o mesmo sobre Kossova. Aquilo era um livro do qual ninguém falava, talvez porque ninguém o entendesse.

Realmente não era fácil. Era a mesma coisa que minha irmã, eu e meu irmão menor nos pormos a brigar pelo berço em que nós três tínhamos sido criados, para ver quem era o dono.

Toda vez que eu havia enveredado por aquele assunto, ti-

---

* Kossova é como os albaneses chamam a província sérvia de Kosovo. (N. T.)
** Escritor renascentista albanês [1606-43]. (N. T.)
*** Escritor e publicista católico albanês [1871-1940]. (N. T.)

nham dito para eu calar a boca: não é coisa que lhe interesse, você é novo demais.

Eu devia ter perguntado a vovô, no tempo em que ele falava mais. Agora já não restavam dúvidas de que ele, além de ter sido o fundador do Estado, e ao contrário do que indicavam as aparências, sabia de tudo. Neste mundo em que tudo era diferente do que parecia, em que Stálin dava a impressão de dominar, quando na verdade ninguém o consultava, onde Enver Hodja aparentava ter vencido o anão malévolo, quando só sabia soltar sorrisos, nada impedia que vovô também não fosse aquilo que aparentava. Se os que posavam de dominadores não passavam de bocós, talvez vovô fizesse o contrário. Era o que apontavam aqueles livros que ninguém entendia, o cachimbo que não cessava de baforar e os sinais que emitia e recebia por meio do violino, junto com Pero Luke, seu fiel cigano mensageiro. Aliás, vovó, com seus braços alvos e macios como farinha de trigo, levava jeito de ser tão implacável como lady Macbeth.

Um ranger de porta me fez estremecer. Eu adormecera com o livro na mão e pus-me de pé como alguém apanhado em flagrante. Vá para casa antes que caia a tarde, dizia-me vovó numa voz suave.

Fiz o caminho quase correndo. Não parei na feira para ver os camponeses que recolhiam suas coisas antes de partir para Lundjëri, nem na antiga prefeitura, onde dois presos alemães, surgidos não se sabe de onde, consertavam uma porta havia duas semanas.

Ao lado da grande casa do dr. Labovit, alguém cantava por trás do muro de um jardim que não se sabia de quem era:

Na Rússia a caminho
O tédio é um porre.
No campo maninho
Um cocheiro morre.

A casa pareceu-me mais sombria do que nunca. Reinava o silêncio; parecia que os moradores tinham se recolhido cada qual em seu cômodo, depois de se procurarem sem sucesso. Sobre a chaminé, na sala da lareira, tinham deixado um livro solitário, um decifrador de sonhos que papai me proibira de consultar. Na sala grande, vovó cochilava envolvida em seu roupão. O binóculo e as xícaras tinham sido deixados ao lado do grande braseiro apagado e frio.

Tomei do binóculo e olhei por um tempo para as montanhas, sem conseguir atinar de que lado vinha a noite, se da Grécia ou da Albânia central. Por certo era assim que vovó tentava descobrir de que lado sua morte se aproximava.

Os montes escureciam rapidamente. Imaginei que a cidade, naquela hora difícil, defrontava-os como se tivesse sido pilhada fazendo algo culposo.

Se ela tinha culpa, ninguém sabia. Mas talvez, sendo uma cidade, bastasse sentir-se mal.

O crepúsculo a cobria com afã.

Onde se achariam àquela altura o latim e o francês?

Ninguém ligava para eles, menos ainda para o grego antigo. Ninguém exceto Ilir e eu, por causa do cavalo de madeira. Precisaríamos desses idiomas, principalmente na noite da decisão (senhores, onde fica a delegacia de polícia? Ou então o palácio de Príamo?).

Ninguém se lembrava tampouco de Madame. Só se sabia que se tornara irreconhecível já no dia seguinte à derrocada do francês.

A história de Madame ocuparia toda uma semana imediatamente após aquela pasmaceira de acontecimentos que se seguiu à da descoberta do partido.

Dizer que ela estava irreconhecível seria pouco. Em questão de dias tornara-se outra pessoa.

53

Para começar, largara mão do chapéu de plumas e do casaco de veludo. O batom fora-se logo em seguida, junto com os saltos altos, que levaram consigo anos de rebolado. Aquele foi o golpe final: depois dele, o nome de Madame não tardou a tombar.

De repente, como se despertassem de um sonho, as pessoas lembraram que essa Madame, tida pela maioria como francesa ou canadense (eu estava convencido de que também nesse caso as pessoas só fingiam pensar assim), não era senão Makbule Shtino, do bairro de Hazmurat.

Dentro da mesma semana tudo virara de ponta-cabeça. Madame, digo, agora, Makbule, que antes não respondia a uma indagação que fosse feita em albanês, agora não retrucava quando lhe falavam em francês. E como se aquilo não bastasse, de repente deu para freqüentar todos os velórios, quando antes se limitava a enviar um cartão de visitas em que não se conseguia entender o que fora escrito.

Agora ela não só comparecia como chorava com empenho e emoção, como raro se via.

Aquilo deu tanto na vista que ela própria achou que devia uma explicação. Havia duas hipóteses: ou ela se arrependia do francês de até então e, ao que parecia, tomara-se de saudades e voltara a prantear os mortos como uma autêntica balcânica, ou, o que era mais verossímil, ia a tantos velórios para chorar não pelos mortos mas por seu perdido francês.

8. Vovô desfalece.
Enxerga todos os enigmas da Albânia, mas Deus não o deixa falar

As batidas na porta da rua soaram quando mal amanhecera. O primeiro a levantar, como sempre, fora papai. Depois vovó. Por fim mamãe.

Da janela da sala da lareira, papai viu o homem que batia e puxou o cordão que erguia o ferrolho da porta.

Era uma má notícia. Vovô estava morrendo.

Meu pai abriu a porta que separava os dormitórios do restante da casa. Depois ergueu com um rangido o alçapão que ligava o terceiro andar aos outros. Por fim, após descer as escadas, abriu a porta da rua. Diante dele, com lágrimas nos olhos, estava Pero Luke.

Meu pai trocou algumas palavras com ele, deu-lhe algo e o cigano se foi.

Mamãe começou a soluçar. Vovó abriu seu velho cofre ornado de cobre, onde estava gravado o ano de 1806. Papai dava as ordens necessárias. Mamãe também abriu o seu cofre, enquanto vovó lhe fazia "as recomendações". Ao que parecia, eram os antigos costumes para ocasiões assim. Nem luto nem alegria, disse vovó. Aquilo queria dizer que a pessoa não estava nem na vida nem na morte. Assim fora estabelecido, desde 1806, quem sabe até antes. A voz de vovó soava mansa, sem a dureza de costume, como acontecia, por exemplo, quando alguém quebrava uma xícara do mais caro serviço de louça. É, minha Djem, os contemporâneos vão nos rareando, junto com as xícaras que a nora me quebra, disse no intervalo de dois suspiros. Na realidade ainda restavam três derradeiras xícaras e eu estava convencido de que alguém iria morrer assim que se espatifasse mais uma.

Mamãe escutava com uma espécie de indiferença. Seria possível tomar aquilo por soberba, pois era o pai dela e de ninguém mais que entregava a alma.

A partida obedeceu às ordens de papai. À frente do cortejo que deixou a casa seguiam mamãe e a irmã, acompanhadas por Vito, a *morena* (depois da proibição de "*evgjit*", era assim que se chamava a filha de Nazo, que, tal como sua mãe, Toke, que, tal como sua mãe, Ure, e assim por diante, tinham acompanhado as senhoras do bairro, empunhando a sombrinha, toda vez que estas faziam visitas, ou a trouxa de roupa, quando iam "na casa de papai").

As duas seriam seguidas por mim e meu pai. Vovó e sua irmã, Nessibe Karagjoz, iriam caso houvesse morte.

Eu calçara as botinas, que a tia mais velha me dera de presente de aniversário, e mal esperava a hora de sairmos à porta.

Estava orgulhosíssimo de sair à rua junto com papai. Por causa de uma rixa, fazia onze anos que ele não pisava na casa dos Dobatë, o que acrescentava importância à visita. Além do quê, o paletó preto, que ele usava tão raramente, tornava tudo mais solene.

Na entrada do mercado, diante da prefeitura nova, ficavam afixadas as notificações das mortes. Detive-me diante delas, sem pedir permissão, pois era algo ligado à leitura, e a leitura era a única coisa que papai nunca me proibia. Observei com o rabo dos olhos como ele ficou à espera, de pé, dois metros de homem em seu paletó, ele que era em tudo impaciência e nervosismo.

Na prefeitura velha, os presos alemães nos pregaram os olhos com um júbilo que me fez pensar se os pobres, talvez, por um átimo, não pensaram que era o *führer* que viera buscá-los.

De longe, a casa de vovô parecia como antes. Mas não era verdade. Havia ali pessoas que eu nunca vira. Lá estava o dr. Babamet Grande e também o dr. Babamet Pequeno. Mal se reparava nos moradores em meio àquilo.

Eu disse à tia mais velha que vira muitas notificações de mortes na entrada do mercado, mas ela não pareceu se consolar com aquilo. Talvez por ter ganho fama de atenciosa para com todos, imediatamente se esqueceu de mim.

Não havia nem com quem reclamar. Estava na cara que naquela casa qualquer um podia fazer o que bem entendesse.

Eu conhecia o quarto de vovô e fui para lá sem pedir licença. Ninguém me barrou.

Aproximei-me do grande leito onde ele estava, à luz de dois castiçais. Vovô tinha as feições imóveis, de um tom cinzento. Sem cachimbo, sem fumaça. Os olhos semicerrados, a fronte tranqüila. Mas eu sabia o que acontecia por trás daquela imobilidade. Um após outro, tal como no cinema, todos os enigmas da Albânia se exibiam. Por fim ele os via, todos, enfileirados, mais negros que nuvens hibernais. Mas ao mesmo tempo, que fazer, já não conseguia abrir a boca.

Uma febre inesperada se apossou de mim. Ergue-te, fundador do Estado, gritei interiormente. Acende o cachimbo da guerra! Cai sobre a Grécia, como era teu costume, e sobre outros Estados, como te aprouver, Macedônia, Montenegro, quem te sair pela frente! Faz com que se reduzam a pó e cinzas!

Pareceu-me distinguir um sorriso na face imóvel. Achei que

os lábios sem cor se moveriam para dizer: Você diz para eu me erguer, mas é você que não deixa.

Desci por já não tolerar aquela cena. Confuso, procurava um canto tranqüilo para me recompor. Não havia ninguém na sala da lareira. Por trás das janelas, as árvores desfolhadas do quintal pareciam mais tristes do que nunca. Na minha cabeça as palavras da música russa por si sós davam lugar a outras:

Nos doidos Dobatë
O tédio é um porre.
Na sala de porte
Vovô é quem morre.

Um sentimento de culpa não me largava. Eu fora injusto com vovô. Ele sempre fora gentil comigo. Deixava-me ficar ao lado da espreguiçadeira quando os ciganos tocavam seus violinos. Afagava-me os cabelos, enrolava cigarros para fumarmos juntos. Já eu não fizera nada por ele. E, como se não bastasse, tantas vezes zombara dele por dentro. Porque lia livros sem sentido. Porque se perdia neles a ponto de esquecer seu Estado. Porque não atacava a Grécia, e assim por diante. Quase chegara a dizer que não servia para nada neste mundo. Em outras palavras, que seria melhor caso se fosse. E eis que ele se ia. E ninguém fazia nada para impedir.

O arrependimento secava minha garganta. Ninguém fazia nada, nem suas três filhas, nem a própria vovó, para não falar dos dois filhos, meus tios. O mais novo estava disposto a se matar a qualquer dia por alguma ninharia, enquanto nem se preocupava com o próprio pai, meu avô.

Logo depois me dei conta de que aquele tipo de recriminação não me consolava. Ia me convencendo de que, independentemente de tudo, eu podia fazer algo. Algo para fazer vovô se erguer do leito de morte.

Minha mente se agarrou com desamparo àquele pensamento. Fazer alguma coisa, sem falta. Depressa. Enquanto era tempo. Dar-lhe, por exemplo, as duas coisas mais preciosas que eu possuía: as botinas do aniversário e o cavalo de madeira.

Decidi ali mesmo sobre as botinas, embora estivesse longe de me fartar delas. Quanto ao cavalo, embatuquei. O problema não eram as tábuas, como pensei a princípio. É que as tábuas, mesmo bem pregadas, não teriam o poder de salvar vovô. Com certeza era preciso uma outra coisa. Por exemplo, o meu plano para Tróia: a própria salvação da cidade.

Quase soltei um grito: Não. As botinas eu dou, mas Tróia não.

Voltei para ver o que estava acontecendo. O dr. Babamet Grande saía do quarto do moribundo, seguido pelo dr. Babamet Pequeno. Os dois tinham expressões sombrias.

Procurando não dar na vista, aproximei-me de novo da cama. O rosto do agonizante estava tão pétreo e acinzentado como antes. Pelo que parecia, as botinas não bastariam.

Você está pedindo muito, disse comigo.

Retornei à sala da lareira para esfriar a cabeça. Por ela passavam os selos postais, que eu reunira com tanto esforço, o amor por Graciela e todo tipo de coisas que poderia ofertar; mas eu sabia que nenhuma delas seria aceita. Tróia precisava tombar.

Tróia não, repeti comigo. Nunca.

Ao longe soou um grito, seguido de um choro a muitas vozes. Entendi que vovô entregara a alma.

A idéia de que fora eu que o deixara morrer possuiu-me, fria e irreversível. Mas não tentei afastá-la. Aceitei-a sem remorso, enquanto a noção de um outro vínculo, mais forte que o da família, esboçava-se confusamente em meu cérebro e se inflamava dentro de mim.

9. Vovô se foi, seu enigma não

A curta tarde de inverno, como uma raposa enregelada e trêmula, recuou para dar lugar à noite.

Esta alastrou-se com excepcional gravidade, por toda parte. De qual cofre teria tirado aquelas roupagens de luto, de qual velho cofre ornado com o bronze de reinos que já se foram?

A casa dava a impressão de estar completamente diferente. Ao que parecia, nada podia mudá-la, nem os móveis, os tapetes, os castiçais ou as armas, só a presença de um morto.

Ele estava dentro dela. Caso tivesse morrido de manhã, a essa hora já estaria no cemitério de Vassilikoit. Mas rendera a alma no fim da tarde, de modo que passaria a noite ali.

A noite estava repleta de vozes abafadas, rangidos das tábuas da escada, soluços e um infindável vaivém. Não ficava claro quem tinha ido embora e quem permanecia, menos ainda quem dormia e quem velava.

Eu já ouvira antes sobre as noites de velório, mas ali aquelas palavras me causaram temor. Por que velar? Contra quem?

Toda espécie de conjecturas passavam pela minha cabeça.

Talvez defendessem o morto de seus inimigos secretos, mas era mais plausível que o velassem para que ele próprio não aprontasse alguma. Por exemplo, levantar-se e ir embora. Pensam que sou um velho comportado e obediente? Pois vejam só o que vou aprontar! A confusão que vou armar para todos!

Vinha gente de todos os lados. Eu nunca supusera que a família fosse tão grande. Aqui e ali viam-se homens com relógios de bolso e capas do tempo do Império. Mulheres de roupas negras e cabelos tingidos de cinza. Mais homens, alguns usando chapéu, outros não. Aparentemente, estes tinham-nos perdido durante a guerra ou substituíram-nos por bonés, principalmente os comunistas, que, por algum motivo que eu não atinava, mostravam uma predileção por bonés.

De longe avistei meu pai, enquanto um pouco além, em meio a uma roda de mulheres, vovó e Nessibe Karagjoz mantinham uma conversa de pé de ouvido. Era a primeira vez que eu via vovó fora de nossa casa; era algo tão extraordinário que dava mais ou menos a impressão de vê-la num sonho. Porém aquelas duas mesmo em sonho permaneciam tal e qual quando sentavam no sofá da nossa sala. Maledicentes como sempre, com certeza punham reparos em tudo.

Pessoas que eu nunca vira afluíam de toda parte. Ginasianos, colegas dos dois tios, ali estavam com belos bonés que me davam inveja. Em meio a eles havia alguns professores. Não pálidos, como os de latim, mas com fisionomias vivazes e cheias de esperança. Na certa ensinavam russo.

Não conseguia avistar vovó. Talvez tivesse desmaiado outra vez e o dr. Babamet Grande estivesse tratando dela. A tia mais nova, com um véu negro sobre o rosto que lhe assentava maravilhosamente, aparecia em meio às visitas. Somente uma vez tive a impressão de ver juntas as três irmãs, minha mãe e as duas tias. Eram as irmãs mais díspares que se podia imaginar. Tudo que se dizia da tia mais velha, ajuizada, feiosa, profunda, honesta e instruída, destoava da mais nova, imprevisível, bela mas de reputação não ilibada em questões de honra, dada a leituras, porém do tipo mais picante (romances de amor). Caso se misturassem as duas, dali sairia com certeza a terceira irmã, minha mãe.

Depois de uma misturada assim, qualquer um ficaria muito desarvorado. E mais ainda uma moça que, como se dizia, deixara uma casa com quintal, com violinos ciganos na varanda, por outra em Palorto, onde os muros tinham dois metros de espessura e se pronunciavam quatro palavras a cada vinte e quatro horas. Fora, aparentemente, o desarvoramento da transição que transformara mamãe naquela espécie de arrogância que os Dobatë costumavam atribuir aos contraparentes.

Era como a encaravam agora e, como se aquilo não bastasse, a aparência de presunção — que eu pensava ser o único a enxergar — não a deixava.

Os dois tios passaram por perto, à procura de vovó. Estavam enervadíssimos, com a única diferença de que um perguntou se eu tinha visto aquela caduca, enquanto o outro acrescentou "aquela bruxa".

Tinham, ao que tudo indicava, brigado pelas propriedades.

Ainda que os tios tivessem dito que agora já não ocorriam coisas assim, pois o Estado ficara com as propriedades, eu achava o contrário. Muitos dos livros que eu lera falavam a todo momento de disputas desse tipo, principalmente no dia da morte do dono da casa. Eram uns livros aborrecidos, em que se esperava que algo acontecesse e não acontecia coisa alguma, enquanto os assassinos e até os fantasmas cediam lugar aos advogados.

No verão passado, eu havia escutado um grande bate-boca

entre os dois tios e vovó. Onde estão os títulos, por que não os mostra? Eles queriam saber e ela respondia: O que vocês querem com os títulos? Será que já não basta o que fizeram? O que queremos com os títulos?, gritavam eles. Queremos queimá-los, é isso que queremos. Sumam, retrucava ela. Não há títulos. Estão perdidos. Não temos mais. Perdemos, é?, bradavam eles. Estão esperando que derrubem o regime, é? É para esse dia que os conservam, dizia o mais novo. A única diferença era que, tal como em outras ocasiões, um chamava vovó de caduca, o outro de bruxa. Eu esperava que pelo menos ocorresse a algum chamá-la de lady Macbeth, mas isso não aconteceu.

Todo o velório se assemelhava a uma confusão de cotovelos e ombros. As pessoas de vez em quando se erguiam na ponta dos pés e olhavam para a rua. Pareciam esperar a chegada de alguém.

Num dado momento achei-me no meio de um grupo que, não sei por quê, pareceu-me perigoso. Uma mulher segurou-me pela mão e me puxava não sei para onde. Eu queria escapar mas não conseguia. A mulher chorava. Ele te abandonou, dizia em meio aos soluços. Vá até ele, depois não poderá mais vê-lo, pobrezinho.

Entendi que ela me conduzia ao salão onde tinham colocado o morto. Um cheiro de perfume fez-me fechar os olhos. De repente, percebi que me tornara o centro das atenções gerais e empreendi mais uma tentativa de fuga. Impossível, porém. Agora não uma, mas duas mulheres com cinzas nos cabelos tinham me agarrado pelos braços. Eu estava quase colado a vovô. Você que ele amava tanto, começou a gemer uma delas. Ficava como um carneirinho do lado da espreguiçadeira quando ele ouvia música, emendava a segunda. Que aprendia a ler nos livros, tal como ele, retomava a primeira. Ele, que enrolava cigarros e dava a você, para fumarem juntos os dois, prosseguia a outra.

Os soluços ficavam cada vez mais sufocados, enquanto o aperto doía em meus braços. Súbito tive a impressão de que as palavras delas tinham um duplo sentido. Sentia-se nelas uma recriminação latente: Você, a quem seu avô fez isso e aquilo, você nada fez por ele. A custo presenteou-o com aquelas botinas ordinárias, porém a maldita cidade não houve jeito de dar. Umas ruínas estrangeiras tomaram conta de sua cabeça, fizeram você esquecer tudo mais e empurrar o próprio avô para a cova.

Não era apenas uma recriminação. Agora não ocultavam tampouco a ameaça.

Aquilo era e não era. Uma surda tristeza se apossava de mim. Qual seria a intenção daquelas desconhecidas que se intrometiam em meus segredos? Mesmo se mais tarde se visse que eu era culpado pelo que acontecera a vovô, não seriam elas mas eu mesmo quem se ergueria em algum meio de noite, tal como meu xará e antepassado, para bradar: Levantem, mulheres, e preparem um estrado e a bilha d'água, que eu vou descer para a cela!

A fúria ajudou-me a fazer uma tentativa desesperada de me livrar daquelas garras. Escapei delas e pouco depois dei comigo no meio de outro grupo. Eram mulheres com os cabelos tingidos de hena. Pareceram-me assustadoras, em especial uma delas, com um olho de vidro. Contudo, foi exatamente ela que me acariciou com suavidade os cabelos. Apavoraram o menino, disse às outras. Ouvia-as a falar de mim, por cima de minha cabeça, como se eu não estivesse ali. O finado ensinou-lhe turco, ou são meus ouvidos que me enganam?, indagou uma. O turco ainda passa, mas aquela história dos cigarros me revoltou, disse a do olho de vidro. Envenenou o menino desde o berço.

Eu queria cair no choro. Estavam decretando aquilo que de todas as coisas eu nunca acreditaria, na inimizade de vovô. De um lado, por um triz não me acusavam de tê-lo matado; de outro, diziam que não eu mas ele quisera envenenar-me... Queriam dizer que ele, advertido por alguma divindade sobre o que poderia acontecer, desde quando eu era menino tentara se livrar de mim. Mas aquilo eu já tinha lido ou escutado em algum lugar... Justamente... sim, escutado... a história de certo Édipo Rei... dos tios, que estudavam para as provas... Mas, obcecado pelo cavalo de madeira, eu não lhes dera muitos ouvidos.

Por cima de minha cabeça, as mulheres agora falavam de outras coisas. Mais uma vez se sentia que alguém era esperado, alguém vindo de longe que, não se sabia o porquê, tardava.

No salão onde jazia vovô, o pranto das mulheres ora ganhava volume, ora sufocava sob o burburinho. Pela terceira vez as pessoas se ergueram na ponta dos pés, à espreita. Parecia que o personagem aguardado finalmente chegara. Mas ninguém tinha certeza de nada. Primeiro porque não era homem, como se pensava, mas mulher. Segundo, por não ser um, e sim quatro, quatro mulheres.

Com feições contidas, frias, elas foram se aproximando do defunto, uma após outra, em fila. Quem seriam aquelas desconhecidas? O que iriam fazer?

Fiz as perguntas timidamente, à direita e à esquerda, mas ninguém respondeu. Uns fingiam que não tinham escutado, outros as esqueciam assim que eu as pronunciava. Estavam esperando aquelas mulheres desde o início da manhã e agora o resto pouco importava.

Enraivecido com tanto desprezo, dando cotoveladas ao acaso, aproximei-me do salão. As desconhecidas tinham se colocado dos dois lados do esquife, como se realizassem um exercício de ginástica, duas à direita, duas à esquerda. Mantinham os olhos frios, sem lágrimas, sem vermelhidões, mas entrefechados. Num movimento sincronizado, tinham levado as mãos ao rosto e pelos lábios se entendia que começavam a chorar.

As pessoas se aproximavam cada vez mais, porém, de modo

surpreendente, o barulho, longe de aumentar, reduzia-se com aquela aglomeração. Aos poucos foi se impondo uma espécie de silêncio, em meio ao qual o pranto delas passou a se ouvir claramente. Durante a noite e sobretudo pela manhã, eu ouvira muitas vezes certas palavras ditas em meio ao pranto, porém mal se distinguiam em meio aos ais e uis. Ao passo que agora as quatro mulheres as pronunciavam tão distintamente quanto as professoras numa aula de linguagem.

Reparei que eu estava junto da tia mais velha e puxei-a pela mão. Tia, o que temos a ver com estas mulheres? Com os olhos inchados e vermelhos, como se os tivessem fervido, desmentindo-lhe a fama de comedimento, titia se contraiu. Não temos nada, respondeu com aspereza. Pouco depois, inclinou-se para me dizer ao ouvido que não só nada tínhamos com elas como pagávamos para que pranteassem.

Emiti um som e girei o dedo em torno da têmpora. É isso, disse ela, esta cidade inteira é maluca.

Não havia dúvidas de que sim, já que as pessoas preferiam aquelas fingidas a vovó, com seus soluços de cortar o coração.

Entretanto, as quatro mulheres prosseguiam com seu pranto sem se importar com nada. Enumeravam os méritos de vovô, principalmente a honradez, o coração limpo como a neve e o mel de suas palavras. Nem uma palavra sobre o hasteamento da bandeira e menos ainda sobre a fundação do Estado.

Fiquei fora de mim. Mas logo consolei-me ao pensar que pelo menos não estavam dizendo que ele tinha querido me ensinar turco, nem que tentara me envenenar.

Subitamente senti um grande cansaço. O prantear das mulheres desconhecidas dera-me sono. Foi assim aturdido que senti um frêmito percorrer todos os presentes. Aqui e ali ouviam-se exclamações: "Está vindo", "Está chegando o irmão mais velho". O personagem que todos aguardavam tão ansiosamente por fim ali estava. Não eram as carpideiras, como eu pensara, mas ele, o misterioso irmão de vovô.

Uma embriaguês mesclada de medo e sofrimento se apossara da audiência.

Quando ele se aproximava, ouvi suas palavras: Louvado seja Nosso Senhor Jesus Cristo! Além da crença, o modo de falar também era estranho, setentrional. Parecia com vovô, exceto pela batina negra, com a grande cruz no peito, que o fazia parecer mais alto e espigado. Seja bem-vindo, dom Zef Dobi, disse alguém, e ele repetiu: Louvado seja Nosso Senhor Jesus Cristo! E fez o sinal-da-cruz.

Dom Zef Dobi, pronunciei comigo o estranho nome. Então, além de cristão, era padre.

Enquanto ele se aproximava do caixão, as carpideiras, únicas a manter o sangue-frio, pranteavam em coro:

Aí tens o irmão mais velho até,
Vem de outra língua e outra fé.

Boquiaberto, eu escutava e sentia que me faltava força até para me assombrar. As pessoas me empurravam de todos os lados, até que dei por mim na porta do "empate". Dentro do aposento, o divã, coberto por uma colcha de lã leitosa, convidava ao repouso. Recostei-me sem pensar em mais nada, porém, antes de adormecer, cheguei a fazer a pergunta: como as carpideiras conheciam o grande segredo dos Dobatë?

Acordei com um barulho distinto daquele do velório, entrecortado de gritos. "Para trás, cigano", "Não deixe entrar", "Meu Deus, largue esse revólver".

Quando saí à porta, dei com a cena mais inacreditável: Pero Luke, de violino em punho, tentando se atirar em direção ao morto, e meus dois tios tratando de contê-lo. O mais velho segurava-o pelo pescoço, enquanto o caçula, não satisfeito, sacara o revólver. Mas Pero Luke, sempre tão comportado, dessa vez não se continha. Aos gritos de "Para trás, cigano", respondia: "Para trás não vou, tenho uma última vontade do *efendi*, larguem-me!".

Ninguém entendia que encargo era aquele e menos ainda por que o seguravam. Os três, embolados, tinham chegado ao esquife e Pero Luke caíra de joelhos. Levou ao queixo o violino, que por algum milagre não se espatifara, e com a outra mão pôs-se a tocar. Não só os tios, mas todos em volta estavam atônitos. Então aquela fora a última vontade de vovô. Ao ver que não mais o continham, Pero Luke, ainda de joelhos, aproximou o violino da cabeça do morto e voltou a tocar, dessa vez mais doce e nostalgicamente.

Ao terminar, pôs-se de pé, inclinou-se diante de vovô e foi saindo. Enquanto a assistência abria caminho, alguém ofereceu-lhe uma moeda, mas ele fez que não com um gesto. O *efendi* já pagou. Foram as suas últimas palavras.

Por um instante o velório permaneceu petrificado. Uma sensação de perda e carência se apossara do ambiente. Eu não distinguia vovó e Nessibe Karagjoz, nem as três irmãs, nem muito menos dom Zef Dobi e sua cruz de prata sobre o peito. Avistei ao longe meu pai e fiz-lhe um sinal, mas embora ele me fitasse fixamente, não me respondeu. Foi quando me convenci de algo de que já suspeitava — que em certas horas ele não reconhecia ninguém.

Quando a tampa do esquife cortou a massa humana, conduzida ao salão, entendi que se aproximava a hora de levar o morto da casa. O motivo da petrificação de pouco antes devia ser aquele. Vovô se preparava para entrar em outra dimensão temporal, a da morte, e todos sentiam seu sopro gelado.

O barulho dos pregos lacrando o caixão foi o mais insuportável. As pessoas permaneciam imóveis no quintal, com os olhos postos na escada por onde o morto iria descer. A fronte do caixão, negra, com reflexos ameaçadores, apareceu no andar de cima, sustentada por meus dois tios, papai e alguém mais, unidos pela primeira vez, sem raivas nem brigas.

O pranto grave não cessou enquanto o cortejo atravessava a porta de casa, depois a da rua. Ali todos sentiram uma tensão particular. Algo profundo acontecia. Ali se punham em fila os homens com correntes e placas de bronze, os vizires, os opressores de povos, as grandes marafonas dos haréns, com seus lábios tintos de hena, os conspiradores, os braços-direitos de governantes, os envenenadores de sultãos e mensageiros secretos de reis.

Todos marchavam para Vassilikoit.

Alguns dias depois estive outra vez na casa. Parecia quieta, vazia. O mesquinho sol de inverno acentuava a tranqüilidade. No jardim ainda se viam vestígios de cinzas da queima dos livros de vovô. Na sala da lareira, as solicitações de bolsas no exterior para os dois tios se espalhavam sobre o divã, junto com os formulários que eles tinham preenchido, uns em russo, outros em húngaro.

O tio mais velho lia na varanda, sentado na espreguiçadeira de vovô. Assaltou-me a idéia de que ele mal podia esperar para ocupar a espreguiçadeira, como... um trono, e isso me apertou o coração.

Quando vi que ele não pretendia deixar a leitura, interrompi-o sem rodeios para dizer que em toda a cidade só se falava do grande velório. Sem erguer os olhos, ele comentou que era sempre assim ao fim de cada velório.

Na verdade eu queria lhe falar de outra coisa. Dizer que todo mundo comentava do velório, mas que ninguém mencionava a chegada do irmão de vovô.

Ele finalmente ergueu os olhos do livro e eu vi o nome do autor, Sigmund Freud. O título era incompreensível. O idioma idem. Com certeza húngaro, pensei.

— Quem disse que ele veio? — perguntou, sem ocultar a surpresa.

— Eu vi.

Meu tio sorriu.

— Você se enganou.

Contestei-o, e ele insistiu que eu tinha me enganado. Ou sonhara.

— Você está dizendo que eu vi uma assombração? — quase gritei.

— Por que não?

Fitei-o, agradecido. Gente grande dificilmente admitia coisas assim. Então o visitante retardatário podia ter sido um fantasma. O espectro do irmão de vovô? Morto por... por... Por quem mais senão este último?

Os olhos do tio não desgrudavam de mim.

— Vejo que você está confuso — disse. Por um tempo esfregou com o punho os olhos fatigados da leitura. Depois, contra seus hábitos, observou em tom suave que o que eu vira podia ter sido o efeito de alguma semelhança, uma duplicação ou de algum antigo acerto de contas. — Este aqui — e bateu com os dedos na capa do livro — disse que todos nós matamos alguém ou alguma coisa e depois enterramos fundo, bem fundo nos nossos porões.

Foi a minha vez de embatucar. Como ele podia saber que eu era o assassino secreto de vovô? E, mais ainda, como conseguira decifrar aqueles escritos em húngaro?

Eu tinha ganas de gritar que ele não tinha como saber do segredo que eu jamais contara a ninguém. E menos ainda entender uma língua que estava aprendendo havia apenas duas semanas. A suspeita de que ele, tal qual vovô, fingia que estava lendo sem entender patavina ocorreu-me junto com a idéia de que aquilo talvez fosse inevitável, pois naquela espreguiçadeira só se podia ler livros sem sentido.

Ele recomeçou a leitura e eu continuei de pé, como um prisioneiro do dia frio, cuja luz incidia incompreensivelmente sobre as árvores desfolhadas e sobre as cinzas dos livros que não existiam mais.

Ananndale-on Hudson, Nova York,
novembro–dezembro de 2004

ESTA OBRA FOI COMPOSTA PELA SPRESS EM ELECTRA E IMPRESSA
EM OFSETE PELA RR DONNELLEY MOORE SOBRE PAPEL PÓLEN BOLD DA
SUZANO PAPEL E CELULOSE PARA A EDITORA SCHWARCZ EM OUTUBRO DE 2007